밑 빠진 독에 물 붓기

밑 빠진 독에 물 붓기

펴낸날 2024년 8월 30일

지은이 김노을
펴낸이 주계수 | **편집책임** 이슬기 | **꾸민이** 최송아

펴낸곳 밥북 | **출판등록** 제 2014-000085 호
주소 서울특별시 마포구 양화로 156 LG팰리스빌딩 917호
전화 02-6925-0370 | **팩스** 02-6925-0380
홈페이지 www.bobbook.co.kr | **이메일** bobbook@hanmail.net

ISBN 979-11-7223-035-7 (03810)

※ 이 책은 강원특별자치도, 강원문화재단 장애예술인 창작활동 지원금을 받아 제작되었습니다.

P.S 미래시선 8

밑 빠진 독에 물 붓기

김노을 시집

시인의 말

사유의 잠에서 깨어나는 순간

가을을 재촉하는 비가 내린다.
나는 아직 준비가 되지 않았는데
여름을 이별하는 빗방울이
창문을 두드리며 나를 유혹한다.
이 계절이 저물고 나면
다시 겨울이 올 것이다.
겨울이 저물고 나면
다시 봄이 올 것이다.

그때까지 나는

사유의 꽃을 피워낼 수 있을까.

숨어버린 별빛 하나를 찾을 수 있을까.

창문 밖으로 은하수가 흐른다.

다시 사유의 잠을 자야겠다

2024년 8월 어느 날

김노을 숨 쉬다

차 례

시인의 말 – 사유의 잠에서 깨어나는 순간 4

제1부 **묵은 계절을 굽는다**

밑 빠진 독에 물 붓기 10 / 추억의 문장 11 / 묵은 계절을 굽는다 12
꿈쟁이의 꿈 14 / 상사화 15 / 하하 호호 16 / 그대여 18
12월을 구워 먹어야지 19 / 유심에서 무심으로 20 / 퇴고 22
양날의 칼 23 / 검은 밤 화려한 탈출 24 / 이태원 메아리 2 26
우두커니 28 / 사직서 29

제2부 **오래된 타인**

가을이 온다 32 / 부메랑의 법칙 33 / 속없는 년 36 / 겨울
산책 38 / 오이쯤이야 어때? 39 / 딱 일주일만 42 / 부정과
긍정 44 / 겨울비 45 / 오래된 타인 46 / 서면의 4월 47
진달래꽃 48 / 짜잔한 잡채 49 / 미련 52 / 나비의 잠 54

제3부 ## 시간의 무덤

날궂이 58 / 오월의 꽃빛 59 / 시간의 무덤 60 / 궁남지 수련 62 / 그녀의 향기 63 / 아이야 64 / 맨발 숲길을 처음 걷던 날 66 / 탕국 68 / 오이꽃 피면 70 / 짜잘해도 환장하게 71 / 노을 기차 72 / 첫눈 74 / 보름달 75 안부 76

제4부 ## 8월의 높은음자리

열무김치와 보리밥 80 / 숙제 82 / 당신 83 / 반편이 84 없다 86 / 뙤약볕 익어가던 날 88 / 너그러이 90 / 언제쯤 익어갈까 92 / 여름 감기 94 / 8월의 높은음자리 95 마지막 정 98

해설 - 비유와 사유로 그려내는 기억을 이미지로 풀어내다 · 김남권(시인) 106

- 1부 -

묵은 계절을 굽는다

밑 빠진 독에 물 붓기

소리 없이 떠나가는 시간을 본다

흔적 없이 다가오는 시간을 본다

잡히지도 않고
잡을 수도 없는
꽃잎이 떨어진다

밑 빠진 독에 물 붓기다

추억의 문장

사무치게 그리운 것은 아닙니다

민트 차를 석 잔 마셨을 뿐인데
어둠의 문장을 그리고 있을 뿐입니다

세월의 기억을 소환해
예닐곱 여자아이의 꿈도 그려 넣고

새하얀 카라에
검정 교복을 입었던
소녀의 꿈도 그려 넣었습니다

이제 갈빛 골목길을 돌아 나오는
여인의 옷자락을 그려 넣을 때입니다

묵은 계절을 굽는다

가을 추수가 시작되면
대나무 발이 갯벌 바다를 향해 줄서기를 한다

밀물과 썰물은 백 일 동안
대나무 발 사이를 수런수런 드나든다

동지가 지나기를 기다렸다는 듯
풀어헤친 여인의 머릿결처럼

차가운 물결 위를 일렁이는
물김 생김 날김들

어기야 둥둥 노 저어라
어기야 둥둥 노래하라

밥이 되고 책이 되고 삶이 되는
춤추는 김이 날아들 수 있게

숭고한 자연 갯벌 바다여
불화로에 김을 굽듯

반백 년의
묵은 계절을 굽는다

꿈쟁이의 꿈

별을 타고 날아올라
우주로 소풍 가는 꿈을 꿨던
예닐곱 아이가 있었습니다

꿈꾸던 어린 시절에
집안 뜨락에서
사랑의 온도를 알아버렸다네요

꿈을 찾던 소년은
우주를 향해 꿈 여행을 떠납니다

눈앞에 잡힐 듯 잡힐 듯
꿈 너머 꿈인 신기루 너머

드디어
별 마루에 올라

넓은 세상을 향해
두 팔 벌려
시를 노래하는 시인이 되었습니다

상사화

목이 긴
그리움 어이할꼬!

하하 호호

하하 호호 하하 호호

세상에서 제일 예쁜 꽃
나만 보면
하하 호호 하하 호호

세상에서 제일 빛나는 꽃
나만 보면
하하 호호 하하 호호

아구 잘해 아구 이뻐라
언제나 나를 안아주는
세상에서 가장 아름다운 우리 엄마 꽃

하하 호호 하하 호호

둥개둥개 둥실둥실
목마 타고 서울구경 시켜주는
세상에서 가장 든든한 우리 아빠 꽃

하하 호호 하하 호호

언제나 웃음꽃 활짝 피는
즐거운 우리 집

세상에서 제일 예쁜 꽃 피는 우리 집

하하 호호 하하 호호

웃음꽃 피는 행복한 우리 집

그대여

함께 시작해
홀로 살아가는 것이 삶이다

두려워하지 말고
걸어가다 보면
길에서 벗을 만나고
깨달음도 얻을 것이다

예수와 부처가
길에서 깨달음을 얻었듯이

홀로 걸어가다 보면
누군가와 함께하는 순간도
축복처럼 찾아올 것이다

12월을 구워 먹어야지

12월을 조심스레 살펴본다

부드럽게 물결 짓던 시간들 위로

무심한 찬바람이
여린 물결을 하얗게 얼려 버렸다

덜컹!

이 시간들을
갈아 먹을까
삶아 먹을까

아니 아니
노릇노릇하게 구워 먹어야겠다

유심에서 무심으로

햇살 닮은 그녀의 미소
나비 되어 날아갔다

잔잔하던 목소리도
고요하던 숨결도

무심한 듯 건넨 눈길
따뜻한 인사였는데
꽃잎처럼 지고 말았다

나에게 무심함을
가르쳐준 그 사람
훨훨 침묵의
날갯짓으로 떠나 버렸다

이젠 홀로
쓸쓸함을 답습하지 않을 거라
생각하며

차가운 손을 외투 주머니에 찔러 넣는다

퇴고

전하고 싶은 말 있어
두서없이 쏟아 냈다가
다시 주워 담는다

알록달록 곱게
포장도 해보다가
그래도

맘에 들지 않아
풀어헤치고 자르고 깁고
예쁜 단추도 달아본다
옹골진 하나를 완성하기 위해
몇 날 며칠을 어르고 달래도

너를 닮은 너는
아직 미완성이다

양날의 칼

언제나 마지막은
양날의 칼이다

마지막이라는 것은
언제 어디서나
시원섭섭하더라

바빴던 시간도
마지막에 묻혔고
좋았던 시간들도
마지막이 삼켜버렸다

목구멍이 포도청이라
시간 위에서 서성이던
밀린 숙제 같은 결정

그는
차디찬 가을비에
침묵의 시간들을
싹둑 잘라 내었다

검은 밤 화려한 탈출

불빛들이 깊이 잠든 시각

지구 탈출을 위한 전주곡이
점점 가까이 들리는가 싶더니
잠잠해졌다

추적추적 가을비에
버티다 버티다 못해
시간을 놔버린 것일까

구급차 불빛이 희번덕거리며
좁은 아파트 주차장을
곡예를 하듯
지그재그로 빠져나가고

집채만 한 사다리차
또 다른 지게차
맨 앞에서 안내하던 지휘 차
경찰차

당신은
이 야밤에 이렇게
큰 후광을 받으며
꼭 가야만 했나요!

차가움이 치닫는 깡마른 밤에
20여 명 전사들이
당신을 배웅하더라

이태원 메아리 2

길 잃은 청년들의 메아리는

아팠던 메아리는
아직도 돌아오지 않더라

그곳에서는
소 잃고 외양간 고치는 데만
총력이더라

그 맑았던 꿈들과
그 높았던 청춘들은
네모난 상자 귀퉁이 작은 행간에
적선하듯 처박히고 말더라

네 아들이라면
네 딸이라면
네 동생이라면
네 핏줄이라면
어땠을까

이태원 골목길에는
아직도 길을 헤매고 있는 청년들이
눈에 선하더라

우두커니

우두커니 정지된
시간들이 늘어나고 있다

수만의 실타래가
엉켜버린 것일까?

고달픈 삶의 궤적 때문에
외로움 울어주는
욕심마저 놓아버린 것일까

복잡한 관계들로
얽히고설킨
호흡 없는 공허가 밀려온다

사직서

'나 붙들덜 말어'
'나 이제부터 푹 쉴 껴!'

'니미럴'
'산 입에 거미줄 치거써!'

'인자 날 더 이상 부르덜 말어'

'자식새끼들도
다 지 팔자여
내 맘대로 되덜 않어'

'그니께
시방부터 난 쉴 껴'

'푸욱 쉴 껴'

- 2부 -

오래된 타인

가을이 온다

시간이 길어 올린 8월이 갔다

벚꽃의 낙화로부터 얼마나 지났던가

다시 낙엽의 시간을 기다리고 있다

사방에 시간의 전령들이 분주하게 움직이고 있다

이제 높은 하늘만 드리우면 좋겠다

어쩌다 심심하면

가랑비나 한줄기 뿌려 놓고

무지개 지나가는 언덕에

첫사랑이 온다는 소식이나 전해주면 좋겠다

부메랑의 법칙

지난 초겨울 깜깜한 퇴근길에

주말과 공휴일에
내 일터 시식코너 앞에서
잠깐 미소를 나누었던 그녀

그녀의 열심인 삶이 예뻐 보여

퇴근길에
비잉 돌아가야 하는 수고를 아끼지 않고
뚜벅이 그녀에게
나의 수고를 나누었던 기억이 있다

바쁘게 살았던
시간들이 1년쯤 지난 뒤

그녀와 나는
오늘
내가 처음 가는 한의원에서
딱 마주친 것이다

간호조무사인 그녀는
주중은 본업을 하고
주말과 공휴일엔
대형마트 행사지원 알바를 하는 것이었다

세상이 참 좁더라

그녀는
나의 치료의 시간들을 다른 환자들보다
조금 더 편안하고 안정감 있게
치료할 수 있도록 도와주었다

생각지 않게
따스한 정성으로
차별된 부메랑을
선물 받은 오늘

모든 행실은 반드시
부메랑이 되어
돌아온다는 걸 실감했다

1년쯤 지나서 돌아온
부메랑을 배운 오늘이다

속없는 년

싸늘한 마음 안고
거리로 나선다

하룻밤 사이에
연둣빛 속살이 인사를 건넨다

봄비 따라 밤마실 잦던 목련이
그예 바람이 났다

속없는 년

엄동설한 버텨 온
절개는 어디 가고

동정 햇살 한 줌에
만삭의 배를 내밀고 있다

잔인한 사월
해마다 사월이 오면

꽃잎들 쏟아지는 소리에
난 검은 화상을 입고 만다

겨울 산책

명륜동의 허파,
용화산 자락을 오른다

나른한 햇살이 길게 드러누워
낮잠을 자는 정월 중순의 오후
깡마른 상수리나무 위로
산새들 수런거리는 소리를 들으며 걷는다

정상에서 떠밀리듯 내려오는 길목엔
동면에서 깨어난 황톳길이
콧노래를 부르며 따라온다

오후의 햇살이
붉은 치맛자락 훔치듯
산자락 뒤로 숨는다

설익은 바람에 손끝이 시리다

오이쯤이야 어때?

"오이 붙이면 오천 원인데 해 드릴까요?"
잠시 머뭇거리던 그녀가
"네 붙여주세요" 한다

얼굴 위로 도포된 상큼한 오이 향이
그녀의 심장을 지나
마음결까지 말랑말랑하게 주무른다

세신사가 벌거벗은 몸,
발끝에서 목덜미까지
구석구석 정성스레 때를 밀고 있다

돌이켜 보니
십 년 전쯤인가 세신사에게
딱 한 번 몸을 맡긴 기억이 있다

자신을 위한 유일한 사치
불가마 사우나를 일주일에
한 번쯤은 가지만

오늘은 자신을 위해
선물을 해주고 싶은 날이다

사고로 마비되었던
왼쪽 팔다리 몸통의 감각은
점점 떨어지고 있다

그동안 무엇을 위해 살아왔던가?

온전한 척
괜찮은 척
얼마나 많은 위선으로
자신을 포장하며 살아왔던가!

큰애도 사백 대 일의 관문을 뚫고
교육행정직으로 6년 전 독립을 했고

작은 애도 대학공부 끝내고
중학교 체육교사가 되어 독립을 했다

아무 탈 없이 스스로의 앞길을 잘 헤치고
독립해준 큰아이 예쁜 딸과
멋진 아들이 참 고맙다

이쯤에서 내 의무는 끝난 것 같다

이제부터는 나만을 위해 살아야겠다

그까짓 오이쯤이야
껌이다

딱 일주일만

헤실헤실 봄 물결
출렁이는
길을 걷는다

시집살이 타령도
서방 살이 푸념도

따따블 밥값까지
카드로 박박 긁고

여유로운 마음에
커피까지 기분 좋게 쏜다

여러 날 동안
해바라기 같은 꿈을 꾸다가

로또 한 장 사서
일주일을 기다려 본다

행복은 꽝!
7일간 미소 지은
카드값은 부풀어 오른 물풍선이다

부정과 긍정

그래요
그곳에 가지 말아야겠어요
자꾸만 길을 잃어버리곤 하니까요

그래요
그 사람을 만나지 말아야겠어요
중심을 잃고 자꾸만 발목을 삐끗하니까요

그래요
이제는 숨을 죽이지 말고 목청껏 살아야겠어요

신나는 트로트도 구슬픈 아리랑도
열차 화물칸에 가득 싣고 떠나야겠어요

낭만을 배달하는 기관사가 되어
만세를 부르며
신안新安의 핀란드*로 여행을 떠나야겠어요

---

* 2023 행복지수 1위 국가

겨울비

후두둑 후두둑 후두둑
무슨 사연일까

쉬지 않고 밤의 건반을 두드리고 있다

깊은 터널의 끝
새벽을 깨우는 예배당 종소리 되어

그리운 사람 오시는 길목 밝히고 있다

오래된 타인

눈앞에 마주 보며 가까이 있어도
일억 광년의 시간을 부른다

마음만 계절의 정원에 머물고 있기 때문이리라

묵정밭 정원에
활짝 웃고 있던 해바라기
베어낸 지 오래다

어쩌다 마주치면
스크린 속 주인공 되어
그저 스치고 지날 뿐!

그리움만 똬리를 틀고 있기 때문이리라

서면의 4월

외로움이 옹기종기 모여
마을이 되었다

가지 꺾인 나무들이
상처 난 날개를 열어
기지개를 켠다

화들짝 벚꽃들 웃음소리에
나비들도 여린 날갯짓을 한다

매화꽃 벚꽃들 바람 따라
온 동네 꽃 잔치를 벌인다

서면의 사월이
연분홍 꽃잎 머리에 이고
눈웃음 한가득 봄 마실 나간다

진달래꽃

속절없이
고요가 깃든 산기슭
하늘을 향해 기도드리는
진달래꽃 피어났다

연둣빛 숨결 가득 돋아나는
아침 햇살 풀어 뛰놀게 하고
마음 귀퉁이 연분홍 꽃물 들인다

민들레 홀씨 꿈꾸는
길을 따라
새벽길을 나선다

짜잔한 잡채

낮에 나온 반달이 수줍게
갯벌 속으로 숨어든
늦가을의 저녁 무렵,
아버지는 먼 길을 떠나셨다

마당 안팎으로
장례 준비로 분주하고

음식 장만하느라
고모님들 숙모님들 동네 사람들까지
시끌벅적 장마당 난전이나 다름없었다

내 유년의 기억이 정지된 채,
모닥불을 피우고 있는 고향 집 뜨락으로
추억이 몰려가는 동안 마당 한켠에선
잡채가 버무려지고 있었다

나는 막내의 특권을 이용해
엄마의 치마폭을 붙잡고 따라다니며
잡채가 먹고 싶다고 졸랐다

그날 잡채를 버무리던 동네 아줌마는
딸은 없고 아들만 내리 다섯인 심술궂은 여편네였다

'으째 짜잔한 것이 일한디 와가꼬 찡찡댄다냐!'

그 소리를 듣고 서러워서
그만 엉엉 울고 말았다
잡채가 먹고 싶었을 뿐인데
여자애라고 무시하는 아줌마가 꼴 보기 싫었다

"오매~ 즈그 아부지가 막둥이라고 겁나게 이뻐했는디,
즈그 아부지 죽은 걸 아능갑따야"

막둥이 딸만 이뻐라했다고,
즈그 아부지가 새장 안 큰 동네 주막에 갔다
돌아올 때마다 눈깔사탕 사서
잠바 주머니에 꼭 사 넣어 왔다고,

아부지 손잡고 쫑알쫑알 따라다닌 막둥이라고

"즈그 아부지 죽어부러서 어쩔끄나~" 하고
이구동성으로 혀를 끌끌 찼다

그 사람들은 모를 것이다
잡채가 먹고 싶어서 울어버린 나를,
죽음과 이별을 알기엔 너무나 어렸던 나를,

어느덧 나도 그날의 엄마 나이를 지나고
잡채도 곧잘 만들어 먹고 있지만

그때마다, 떠오르는 '짜짠한 가시나'는
아버지의 상여와 함께
내 기억 속을 맴돌고 있다

"이제 가면 언제 오나 어~이, 어~이"
아버지의 상여가 마당을 떠나가는데도
동네 아이들과 장난치며 놀았던 철부지

그날의 기억을 잊을 수가 없다

지금도 잡채를 먹을 때마다
머릿속에서 잊혀지지 않는 짜잔한 것,

그러나 나는 절대로 짜잔하지 않다

미련

시커멓게 타버린 목구멍 속에서
네 소갈딱지를 다 보여주고도
너는 모른다

너는 더 이상 서두르지 않는다
아파하지도 힘들어하지도 않는다

초록의 계절을 지나오면서
그새
철이든 것이다

혼자 아프면서 그릇이 자란 것이다
혼자 눈물 닦으며 여물어진 것이다
생각하는 사람들은 그렇게 익어간다

시간이 자신을 내몰고
세월이 벼랑 끝으로 내몰아도
마음을 끌고 가는 것은 자신뿐이다

억울하다고
허전하다고
소리치지 않아도
시간이 가면 알게 된다

나비의 잠

"아~구 이뻐라 꽃잎인가?"

“어머나 나빈가 봐!”

나비가 하이얀 꽃잎 속에서 깊은 잠에 빠져있다
도무지 깨어날 기미를 보이지 않았다

수국꽃 화사한 얼굴에 몸을 숨기고
죽은 듯이 미동도 하지 않는다

날개가 숨을 안 쉰다
대꾸도 하지 않는다
꽃잎들의 아우성 수다에도 모른 체한다

얼마나 고단했을까
얼마나 서러웠을까

햇살 뒤로 숨어버린
달빛의 당부를 안고

밤새 내린 이슬에
목을 축이고도 기척이 없다

그대로 꽃잎이 되고 마는 건 아닐까
별빛도 없는 새벽길을
어찌 가려고 늦잠을 자는 걸까

- 3부 -

시간의 무덤

날궂이

오월 중순 비 예보에
뼛속 마디마디마다
시린 달이 떴다

푸른 나이에 교통사고로
일찌감치 몸에 돋아난 안테나가
신호를 보내왔다

고장도 나지 않고 30년째
일기예보를 하고 있다

거실에선 티브이가
저 혼자 목청껏 지껄이고

삼식이 라면 예찬으로
냄비가 싱크대 위에서
젓가락 장단을 맞춘다

마른번개가 두어 번 치더니
거실 창밖이 어두워지기 시작했다

오월의 꽃빛

겨우내 언 땅 밀고 올라온
연두가 꿈을 키우고 있습니다

풋풋한 여린 풀 내음
햇살 엮은 함박웃음으로
땅 위에 가득 번지고 있습니다

터질 듯 솟아나는
오월의 꽃빛

나와 상관하지 않는 사람들은
그저 스쳐 지나가고

보릿대 모가지 여물어가는
오월의 언덕에서
열렬히 그대를 맞이합니다

하늘하늘 바람만이
내 여린 볼을 어루만지고 갑니다

시간의 무덤

미안하다
야속하다
지난날의 내 영혼이여

아장아장 걸음마 배우면서
검정고무신 한 켤레
겨우 얻어 신은 게
엊그제 같은데

가나다라마바사
아야어여오우이
국어책에서 한글 깨우친 일
기억에 삼삼한데

까만 교복 하얀 카라에
A B C D 따라 쓰며
영어 단어도 외웠었는데

목구멍이 포도청이라고
사람들 사이 부대끼며 살아온
오십 수년의 세월

변한 건 없는 것 같은데

지금의 내 모습을 바라보니
무덤이 가까워지고 있네

궁남지 수련

해가 중천인데
노총각 게으름 피우듯
눈 비비며 빼꼼
겨우 고개를 내밀고 있다

'아이스깨끼'를 한다는 소리에 놀라
황급히 물 위로 얼굴 내민다

어젯밤 찬 기운에 겁이 났는지
밤새 슬픔을 퍼마시다
새벽에 잠이 들었는지
저도 모르게 게으른 아침잠을 끌어왔나 보다

정오가 지날 무렵인데
기지개도 켜지 않고

떠나가려는 님 그림자만
뒤통수에 그려 놓으며
바짓가랑이 잡아끄는 궁남지의 수련이여

그녀의 향기

드립 커피를 우려내다
그녀의 향기를 맡는다

우려내는 방법을 몰라
컵 안에 드립 팩 통째로 넣고
우려내 마셨던 지난날이 생각난다

드립커피 내리는 모습을 처음 본
그녀의 공간에서
낙엽 타는 커피 향이 숨을 쉬고 있다

이야기가 있고
향기가 있고
사랑이 있는
은은한 숨결

국화를 닮은 그녀가
꽃향기로 피어나
세상을 향기롭게 섬기고 있다

아이야

아이야 숲으로 가자

연두가 속삭이고
초록빛 사랑이 노래하는
숲으로 가자

참새 박새 종달새 찌르레기
뻐꾸기 텃새들이 반겨주는
행복의 숲으로 가자

아이야 숲으로 가자
어깨동무 나무 잎새들이
바람 장단에 서로 얼굴을 부비며
푸르게 노래하는 숲으로 가자

봄꽃잔치 끝나 가는데
생글생글 싸리꽃
늦장 피우던 달맞이꽃
쌩긋쌩긋 찔레꽃도
꽃차례로 피어나는구나

아이야 우리
숲으로 가서 춤을 추자
호흡이 물결치고
생명이 춤을 추는 숲으로 가자

그곳에 가서
세상 시름 모두 잊고
숲처럼 푸르러 지자

맨발 숲길을 처음 걷던 날

숨을 쉬고 싶어서
너를 느끼고 싶어서
통증이 싫어서
두꺼운 갑옷을 벗었다

그 누구도 대신해 줄 수 없기에
맨살로
한 호흡 한 호흡
조심스레 내뱉으며

떨리는 발걸음을 옮겼다
폐부 깊숙이
숨소리를 깨우며 걸어본다

땅바닥에서
개미들과 모래알갱이들

새벽이슬 마중 나왔던
지렁이들까지 일제히
큰 파도처럼 깨어나 트위스트를 춘다

참새 박새 뻐꾸기 꿩
건넛산의 소쩍새까지
기립박수를 치듯
요란스런 아침 인사를 건네온다

맨살로 너를 마주한다는 건
그 얼마나 가슴 떨리는 일인가!

지금 이 순간이 진정
살아 있는 내 숨결이다

탕국

매년 섣달그믐날 밤

정성으로 준비한 음식들이
윗목의 차례상 위에
순서대로 올려졌다

대여섯 살 내 기억 속엔
석화와 두부를 넣은 탕국이
차례상에 올려졌다

모든 차례 음식이 순서대로 올려지고
마지막에 탕국은
종손인 아버지가 드신 걸로 기억된다

숙부님들 숙모님들 엄마도
탕국을 참 맛나게 드셨었다

내가 엄마 나이가 되어 생각해 보니
술은 안 먹더라도 탕국만은
모든 어른들의 속풀이 해장국이었던 것이다

지금 나도
두부에 굴을 넣은 국을 먹을 수 있다면
두 그릇은 너끈히 먹을 수 있다

반백 년도 훨씬 지난 지금은
그날의 종갓집 맛 탕국을
그 어디서도 맛볼 수가 없다

오이꽃 피면

아침 이슬 머금고
까르르 까르르
오뉴월 돌배기 아가
웃음꽃 피네

어린 가시 솜털 송송
호박꽃 닮을새라

방긋방긋 쑥쑥
오이가 자라나면
배꼽도 같이 자라
엄마 손 한 뼘 되겠네

햇살 뜨거운 오늘
시원한
오이 한 입 깨물고

남은 오이는
천사 같은 울 엄마 볼에
오이 팩이나 붙여 드려야겠다

짜잘해도 환장하게

"막둥아~
북감자 좀 부쳐주끄나?
북감자가 짜잘해도 쪄묵응께 검나 맛나드라아~
거시기 양파도 짜잘헌디 같이 부치끄나?"

"오매~
얻어묵음시롱 굵다고 묵고 짜잘하다고 안 묵는다요
읎어서 못 묵응께 부쳐주믄 환장하게 맛나게 묵어블라요"

환장하게 어설프고
환장하게 고달프고
환장하게 서러워도 살아내야 하는
우리네 인생사

짜잘해도 환장하게 맛나게 먹을
북감자와 양파가 이틀 뒤
대문 앞에 도착해 있었다

노을 기차

덜컹덜컹 흔들리는 마음
동해 종착역을 향해
무궁화호는 노을 진 창밖을 주시한다

고단한 산허리는
어둠 속 미련을 끌어안은 채
노을과 입맞춤으로 깊은 잠을 청한다

덜컹덜컹 덜컹 처얼컥

차례대로 힘겨움을 꺼내놓는 기차

무거운 책가방 속 기말고사

연로하신 어머니 걱정하시는
하얀 백발의 중노인

가겟세 모자란다고 걱정하는 미용실 원장님

말일 다가오니
관리비 전화세 전기세 보험료 낼 일도 걱정이라

기차는
원주 지나고 제천을 지나
차례차례
세상 시름 부려놓은 채

마지막 몇 안 남은 자존심은
노을 보자기에 곱게 싸매고
동해역에 도착할 것이다

첫눈

어제의 상처를 치유한다

소복소복
밤새 내린 신의 선물

해마다 다녀간
첫 마음이지만

대지를 덮은
황홀한 춤사위에
가슴이 뜨거워진다

보름달

누구를 향한 일편단심일까
시간을 가불해 온 별빛들이
적막한 외투를 걸치고
노숙하는 밤

한 달의 절반을 잘라
그리운 이에게 주고
딱 하루
맨몸으로 어둠을 꽃 피우는 여자

부른 강 강물 속에 빠져
누구를 애태우게 부르는가

안부

"얼굴 이자 묵겠따
우리 만나서
밥 한번 묵짜
뭐 그리 바쁘게 사노~"

"그넘의 글 쓰는 거
마 때리치뿌라
밥이 나오나 쌀이 나오나~"

"좋은 사람은 얼굴도 보고
밥도 같이 묵고
그래야재~"

"어데 아픈 데는 읎나!
근강이 최고래이
우짜튼 우리 만날 때까지
근강 잘 지키고 이쓰으래이~"

그녀의 상냥하고
너그러운 목소리가
굽이굽이 텁텁한 시간을 건너야 했던
지난날을 추억하게 했다

마음 넓고 따뜻한 사람
마음 색깔을 잘 알아서 꼭 맞게
보색해 준 냉철하고
어여쁜 큰언니 같은 사람

멋진 쩡아 언니와 난 참 좋은 관계다

"은니야
내 아랐따
꼭 시간 내가 우리 꼭 만나재이~"

- 4부 -

8월의 높은음자리

열무김치와 보리밥

고구마밭 고랑 사이사이
콩밭 고랑 사이사이

지난해
무채 밭 거둬들인 고랑마다

연민의 씨앗 틔운
아삭한 열무김치가
가난한 홀어머니의
낮은 밥상 위에 올랐다

풀 풀 굴러다니는
보리밥 숟갈 위로
열무김치 팔짱 끼고
제비 새끼 같은
어린 입속으로
악착같이 들어간다

이미 예닐곱 살 나이에
알아버린 열무김치 맛은
지천명이 지나도록
천국의 맛이다

이제는 드라마 속
장면에나 등장하는
그 시절
그 모습
그 입맛

다글거리며
따로 노는 보리밥을
물에 말아서

아삭거리는 고달픔을
목으로 넘기던
엄마를 떠올리게 한다

오늘 아침
열무김치와 함께 먹는

보리밥엔
내 고향 압해도가
끌려 나왔다

숙제

반갑기도 하고
무겁기도 한 시간들이
미적미적 밀고 들어옵니다

꿀맛 같은 달달한 초침과
탕약 같은 쌉쌀한 분침이
점지해 놓은 시간을 향하여 갑니다

조금의 망설임도 없이
지치지도 않고
뒤돌아보지도 않고
마구마구 달려만 갑니다

이제는 멈춰서야 합니다
이제는 마주해야 합니다
이제는 모두 묶어 두겠습니다

조금 전에
브레이크 장착을 마쳤으니까요

당신

당신의 진실함이 최고입니다

당신의 당당함이 좋습니다

당신의 반듯함이 좋습니다

당신의 깨끗한 마음이 좋습니다

당신의 열정이 부럽습니다

상큼한 바람을 데리고 온

당신의 시간들이 참 좋습니다

반편이

딱 또깍 뚜깍 딱 딱
느리게 조심조심
묵은 시간이
잘려나가고 있다

그는 젊은 시절 교통사고로
왼손이 마비되었다

오른손 손톱이 자라면
왼쪽 발로 손톱깎이를 작동시켜
오른손 손톱을 자른다

안타깝고
힘들고 불편하지만

그의 오른손은
주어진 숙명처럼
잘 숙성되어 갔다

외롭고 힘든
반편이의 홀로서기

어떠한 어려움이 가로막아도
반편이는
앞으로도 쭈욱 씩씩하게 나아갈 것이다

없다

아무것도 없다

주먹 쥔 손가락 사이로 스르르
고운 모래알 가득 빠져나간다

이제부터 시작이다

아직 젊잖아
60이면 청춘이다

응애~ 하고
세상 밖으로 나올 때
자동차 열쇠
아파트 열쇠 안 쥐고 나왔잖아

세상 떠나갈 때
머리털 하나 못 가져가는데
순리대로 감사하며 살자
사랑하고 나누며 살자

아무것도 없다
없으니까
그냥 살자

뙤약볕 익어가던 날

5월부터 뜨겁게 달궈지던
대한민국의 사람살이는
여기저기서 살고 싶다고
아우성이다

6월 장마에 내린
집중호우로
목숨 선이 들락날락하였다

뙤약볕 아래
늘어진 8월,
양산도 쓰지 않은 채
벌거숭이로 익어가고 있다

손해 보험사에 시간을 투자하고
노력한 대가로 시험에 통과하고
본사 교육센터 입문과정 교육 중이다

7월의 빌딩 숲에서 꿀맛 같은
1박 2일의 스타십 교육 시간은 꿀맛이다

시원한 에어컨 바람 아래
매 끼니마다 메뉴를 바꿔가며 식사하고
커피도 종류대로 골라 마시고
숙소는 1인실에
한마디로 선물 같은 호캉스였다

너그러이

부디 상관은 하지 마라

영양가 없는 오지랖 펼치지 마라

시간이 필요한 것이다

같은 공기
같은 물
같은 땅에
수많은 시간
곱게 뿌린다 해도

모두 각기 제 맘대로
싹 트고 꽃 피웠거늘

신성한 신께서도
각기 고집대로 자라게
보고 계시는데

너의 좁은 세상으로
아는 체하지 마라

너는 바람이고
너는 하늘이었거늘

마음 넓게 써서
너그러이 품어보세
너그러이 보듬어 보세

언제쯤 익어갈까

자리 마당 펼쳐놓고
볼 때마다 다시 되고한다

또다시 음미해도
맛이 나지 않는다

어디 가야 너를 만날 수 있을까
말이 없는 너는
뜻있는 얼굴로 말을 하고
소리가 없는 너는
만인의 가슴을 울리는
노래를 부른다

얼마나 깊이 살아야
너를 느낄 수 있을까
얼마나 넓게 살아야
너를 안아볼 수 있을까

내 안의 너는 말을 걸어오지 않는다

더 이상 노래를 하지 않는다

서걱서걱 영글지 못한
내 안의 너희들이여

익어내지 못한 너에게
기다리겠노라고~~
노래하겠노라고~~

비유와 사유의 찜기에선
구수한 언어들이 탱글탱글
모락모락 익어가고 있다

여름 감기

개도 안 걸린다고 한다

그래서

저질 체력이란 말인가!

개보다 못한 인간이란 말인가!

보약을 먹어야 하는가?

니미럴!

'개 풀 뜯어 먹는 소리' 하지 말고

타이레놀 두 알 먹고 푹 자라

8월의 높은음자리

뙤약볕 아래 여름이 익어가고 있다

자정이 넘어가는 시간에도
잠들지 못한 여름이
맴 맴 맴 우렁차다

소리 한켠에선
질세라,
가을을 부르는
풀벌레들의 아우성이 분주하다

요란한 천둥 번개와
세찬 소낙비가 한참 동안
장마당을 풀어 놓다가

양은 냄비에 죽 끓이다
식어가듯
변덕스럽던 열대야도
서늘한 가을에게
자리를 내주기도 한다

땅속에선 무와 땅콩이
하얗게 속살을 채워가고

고추밭에선 발그레
수줍은 고추들이
홍포를 갈아입느라
시간 가는 줄 모른다

들녘에선
차조 모조 수숫대가
씩씩하게 모가지를 쳐들고

물 단지 뭉개고 서서
영글어 가는
나락들도 손을 흔들며
안부를 묻는다

얼마 지나지 않아
불청객으로 찾아올
태풍 몇 개와
자리바꿈할 때쯤

영악한 8월은
너그러운 9월에게 도망치듯
자리를 내어주고
꽁무니를 뺄 것이다

마지막 정

어릴 적 아프고 소중한 기억 하나가 있다

1974년 추석 무렵이었다
청량한 햇볕이 가을을 말리던 어느 날

살랑살랑 불어오는 바람 따라
한껏 영근 햇볕에 절간*이
야무지게 맑은소리로 딸그락거렸다

그 시절의 시골살이란
아이들도 농사일을 거드는 건
당연한 일이었다

섬마을 시골 동네는
옹기종기 친척들이 모여 살았고
동네 아이들도
사촌들과 조카들이 전부였다

* 고구마를 얇게 썰어 말린 것

특별한 놀거리가 없던 조무래기들에게
아버지는
들녘에서 바싹 말라 달그락거리는 절간을
마대자루에 주워 담는 일을 시키셨다

아버지는 겨우 여덟 살짜리 막내였던 내게
큰 동네 점방에 다녀오라며
종이돈 500원짜리를 쥐여주시면서
라면땅 왕사탕 콩과자를 사고
막걸리 한 주전자 받아 오라고
심부름을 시키셨던 것이다.

한 시간쯤 걸어서 도착한 점방은
낯설지가 않았다
주인아줌마는 익숙한 듯 물건들을 담아주셨다
사야 할 물건들을 다 샀지만 아직 150원이나 남았다
그 시절 150원은 요즘 돈으로 치면
1만5천 원 정도 가치가 있었다

나는 남은 돈 150원을
공책과 연필 지우개
연두색 플라스틱 필통을
사버렸다

교육열이 높지 않은 시골살림살이에
필통 같은 건 언감생심 꿈도 꾸지 못했었다

부잣집 아이들이 들고 다니는 학용품이
얼마나 갖고 싶었으면
나중 일은 생각지도 못하고 덥석 사 들고
돌아오는는 길은 나비처럼 훨훨 날아서 절간 좁는
현장에 도착했다

오빠들 조카들에게
과자를 모두 안겨줬는데
아버지께서 잔돈 얘기를 하셨다

나는 자랑스럽게 내가 산
학용품들을 내밀었다
그 시절 나는 어디서나 칭찬을 많이 들었고
뭘 해도 잘해냈기 때문에
아버지께 꾸중 들으리라는 생각은
전혀 못 했었던 것이다

“오메~쪼끄만 것이 나중에 커서 뭣이 될라고!”

허락도 없이 함부로
일을 저질렀다고
불호령이 떨어졌다

나는 아버지가 너무 무서워서
혼자 미끄럼타고 놀던 뒷산 골 패인 곳에
쪼그리고 들어가 무섭고
서러워서 울다가 잠이 들었다

절간 줍는 일도
어스름 해와 같이 끝나고
아버지는 내가 집에 없는 걸 아시고
언니 오빠들에게 막둥이 찾아오라고 하셨나 보다

오빠들이 "막둥아~ 막둥아~" 부르는 소리에 깨어났지만
난 바로 집에 가지 않았고
컴컴해지자 엄마가
'막둥아' 하고 부르는 소리가 들려서
얼른 집으로 들어갔다

아버지는 오후에 막걸리 한 병을 다 마시고 잠이 드셨고
나는 엄마가 배추 된장국에
밥을 말아 주셔서 한 그릇 뚝딱 먹어 치우고
엄마 옆에 살며시
누웠다

지금도 어쩌다 그날이 생각 날 때면
그때 아버지가 불호령을 내리지 않으셨으면
나는 어떻게 살고 있을까?
생각해 본다

그 일이 있고
한 달쯤도 안 돼서
아버지는 돌아올 수 없는 먼 길을
떠나셨고
얼마 지나지 않아
내 꿈속에 나오셔서
그날처럼 또 큰 호통을 치셨다

동네 어른들은
아버지가 마지막으로 정을 떼는 것이라고
꿈풀이를 해주었다

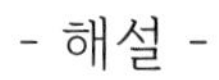

- 해설 -

비유와 사유로 그려내는 기억을 이미지로 풀어내다

김남권 (시인, 계간 『시와징후』 발행인)

해 설

비유와 사유로 그려내는 기억을 이미지로 풀어내다

– 김노을 두 번째 시집 『밑 빠진 독에 물 붓기』를 읽고

김남권(시인, 계간 『시와징후』 발행인)

김노을 시인의 두 번째 시집은 시간의 기억을 소환하여 자신의 상처를 돌아보고, 스스로 치유와 위로를 건네며 세상과 화해를 요청하는 시편들로 구성되어 있다. 첫 시집 '바람의 까닭'을 읽고 쓴 해설에서 필자는 서두에서 이렇게 밝힌 바 있다.

'상처가 시인을 만든다. 누구나 살면서 한두 개의 상처를 안고 살아가지만 생사의 기로에서 기적적으로 살아난 사람들의 가슴 속엔 용광로보다 뜨거운 불덩이들이 담겨 있다. 그리하여 누구보다 치열하게 삶을 견디는 능력이 있다. 김노을 시인의 세상을 향한 오지랖은 이런 생사의 기로에서 부활한 생명

에 대한 연민으로부터 출발한다. 시집 곳곳에서 나타나는 화자의 이야기는 시인이 삶의 현장에서 경험한 사실의 진술을 바탕으로 전개되고 있다는 사실을 미루어 짐작할 수 있다. 꽃다운 젊은 시절 불의의 사고로 왼손이 불편해진 그는 누구보다 장애인들의 딱한 사정을 애달파하고, 독거노인과 소외된 계층의 불행을 외면하지 못해 수년째 봉사활동을 이어오고 있기도 한다.

시인은 아무나 될 수 있지만, 따뜻한 감동과 공감을 끌어낼 수 있는 시인은 누구나 되기 쉽지 않다. 사회적 지위나 명예가 높거나 베스트셀러 작가라고 해서 좋은 글을 쓰는 작가라고 단정하기 어려운 이유도 이런 까닭이다. 존경받아 마땅하고 우리가 사랑해야 할 시인은 자신의 삶이 온전히 시를 살아가는 사람이라야 하는 것이다. 생명을 향한 따뜻한 연민과 사랑이 담보하지 않는 시인의 시란, 공허하기 이를 데 없는 공염불이나 다름없다. 그런 면에서 김노을 시인은 천생 시인의 심성을 타고났다. 다만 그런 선천적 성정만큼 치열한 고민과 열정은 앞으로 해결해야 할 과제이기도 하다.'

김노을 시인의 시련은 여전히 현재 진행형이다. 그러나 그녀는 한 번도 웃음을 잃어 본 적이 다, 어쩌면 그런 긍정적 에너지가 지금까지 삶을 버티고 살아내게 한 원동력이 되었을 것이다. 고달프고 시린 몸과 마음을 돌아보면서 혼자 속울음을 울지라도 남들 앞에서는 언제나 당당하고 자신감이 넘친다. 가끔은 소리 내어 울 법도 한데 그녀는 절대로 소리 내는 법이 없다. 다만 그런 소리가 시의 행간을 통해서 숨은 울음을 울고 있는 것이다. 이번 시집에서 그런 그녀의 숨소리가 시간과 공간을 넘어 세상 밖으로 메아리치고 있다.

1. 시간의 기억을 넘어

김노을 시인의 시간의 기억은 그가 태어난 신안의 압해도에서의 유년 시절과 스무 살 전후 생사를 넘나들던 사고를 당한 기억으로부터 깨어난 시점, 그리고 불꽃처럼 살아야 할 잃어버린 청춘과, 중년으로 넘어와 몸과 마음이 말라가던 갈수기, 그리고 시를 쓰기 시작하면서 스스로 새로운 운명의 그늘에 몸을 맡기며 홀로서기를 하는 진짜 '노을' 찾기의 네 단계로 살펴볼 수 있다. 그리하여 두 번째 시집 속의 김노을은 초월적 이미지로 시적 화자를 소환하며 내면을 치유하고, 이를 다시 서정적 환유로 드러내고 있다고 할 수 있다.

소리 없이 떠나가는 시간을 본다

흔적 없이 다가오는 시간을 본다

잡히지도 않고

잡을 수도 없는
꽃잎이 떨어진다

밑 빠진 독에 물 붓기다

-「밑 빠진 독에 물 붓기」[전문]

김노을은 이 시를 통해 시간이라는 주어진 현실을 통해서 떠나가고 밀려오는 공간에 대한 감각적 이미지를 연출하고 있다. 단순하게 지나가고 돌아오는 보이지 않는 시간의 본질 속에는 반드시 공간이 존재하고 그 속에 '꽃잎이 떨어'지는 것은 시간과 공간을 지배하는 시적 화자의 공감각적 이미지를 통해 내면의 치유를 보여주는 것이라고 할 수 있다. 그러면서 그 모든 과정은 결국 '밑 빠진 독에 물 붓기'라는 시간과 공간을 지배하는 존재는 결국 '나'라는 뚜렷한 반전을 시사하고 있는 것이다.

가을 추수가 시작되면
대나무 발이 갯벌 바다를 향해 줄서기를 한다

밀물과 썰물은 백일동안
대나무발 사이를 수런수런 드나든다

동지가 지나기를 기다렸다는 듯
풀어헤친 여인의 머릿결처럼

차가운 물결 위를 일렁이는
물김 생김 날김들

어기야 둥둥 노 저어라
어기야 둥둥 노래하라

밥이 되고 책이 되고 삶이 되는
춤추는 김이 날아들 수 있게

숭고한 자연 갯벌 바다여
불화로에 김을 굽듯

반백 년의
묵은 계절을 굽는다

-「묵은 계절을 굽는다」[전문]

이 시에서도 김노을은 반백 년 시간의 여정을 갯벌을 드나드는 김이 대나무발에 걸려 한 올 한 올 모여서 한 톳의 김이 되는 과정을 통해 '묵은 계절을 굽는다'고 시간의 흐름을 자신의 삶에 비유하고 있다. 갯벌에서 김이 만들어지는 과정을 오랫동안 관찰해 본 사람만이 쓸 수 있는 표현이다. 압해도에서 어린 시절을 보내며 바다가 주는 음식을 먹으며 바다의 운명으로 자라난 김노을은 누구보다도 밀물과 썰물이 주는 인생의 참맛을 일찍부터 깨달았을 것이다. 그런 기억들이 강원도에서 살아가는 동안 '묵은 계절'의 숙성한 맛이 되어 숭고한 질화로에서 고소하게 익어가는 것이리라.

목이 긴
그리움 어이할꼬!

– 「상사화」 [전문]

'상사화'라는 꽃을 들여와 그리움의 길이를 상징으로 풀어놓았다. 지금까지 김노을이 쓴 시 가운데 가장 짧은 시행을 보여주는 상사화는 기다림의 끝에 서 있는 시적 화자의 내면을 보여준다. 꽃대만 불쑥 올라와 오롯한 그리움을 표현하는 상사화는 애처롭고 슬프고 우아하다. 장식이라고는 없는 당당한 고독이다. 사랑에 한 번쯤 실패해 본 적이 있는 사람은 알 것이다. 상사화가 왜 그런 이름을 갖게 되었는지 꽃을 보는 순간 깨닫게 될 것이다.

12월을 조심스레 살펴본다

부드럽게 물결 짓던 시간들 위로

무심한 찬바람이
여린 물결을 하얗게 얼려 버렸다

덜컹!

이 시간들을
갈아 먹을까
삶아 먹을까

아니 아니
노릇노릇하게 구워 먹어야겠다

-「12월을 구워 먹어야지」[전문]

12월은 시간의 끝을 말한다. 일 년의 끄트머리에서 아쉬움과 설렘이 교차하는 시점이기 때문이다. 지난 1년을 돌아보며 1월의 여린 물결을 하얗게 얼려 버린 겨울의 절정에서 다시 겨울을 맞이하며 지나간 기억을 소환하고 '덜컹' 방지턱을 넘을 새도 없이 다가온 12월은 기억이 모두 사라지기 전에 차라리 노릇노릇하게 구워 먹는 게 정답이 될 것이다. 지나간 기억의 앞으로 새로운 기억이 밀려오기 때문에 우리는 다가오는 시간에 대한 기대를 실시간으로 맞이하게 되는 것처럼.

우두커니 정지된
시간들이 늘어나고 있다

수만의 실타래가
엉켜버린 것일까?

고달픈 삶의 궤적 때문에
외로움 울어주는
욕심마저 놓아버린 것일까

복잡한 관계들로
얽히고설킨
호흡 없는 공허가 밀려온다

-「우두커니」[전문]

시간은 '우두커니' 앉아 있든, 부지런히 일을 하든, 누워서 잠을 자든 똑같은 질량으로 지나가고 돌아온다. 나만 정지되었다고 생각하고 나만 그대로인 것 같을 뿐이다. 그러나 그 속을 들여다보면 고독하고 쓸쓸하고 슬프고 허전하고 낭패감에 사로잡혀서 시간이 수십 배로 느리게 지나가거나, 영광의 순간들을 오래 느끼고 싶어도 순식간에 지나가는 사람들이 있다. 그건 각자에게 주어진 욕심, 또는 욕망이라는 이름의 허상이다. 그리하여 김노을은 그 모든 현상을 '호흡 없는 공허'라고 부르고 있는 것이다. 호흡 없는 공허는 결국 죽은 것이다.

싸늘한 마음 안고
거리로 나선다

하룻밤 사이에
연둣빛 속살이 인사를 건넨다

봄비 따라 밤마실 잦던 목련이
그예 바람이 났다

속없는 년

엄동설한 버텨 온
절개는 어디 가고

동정 햇살 한 줌에
만삭의 배를 내밀고 있다
잔인한 사월

해마다 사월이 오면

꽃잎들 쏟아지는 소리에
난 검은 화상을 입고 만다

-「속없는 년」[전문]

목련은 꽃봉오리를 달고 겨울을 난다. 한겨울에 폭설이 내려도 맨몸뚱이로 시리고 시린 눈보라 속을 지나 봄이 오기를 기다린다. 그렇게 이른 봄이 시작되면 가장 먼저 기다렸다는 듯 꽃망울을 터뜨린다. 커다란 함박눈 송이를 열어 보이듯이 새하얀 꽃잎을 열어 보이고는 한순간 꽃송이째로 낙하한다. 그런 수모와 고통을 견뎌냈으면 좀 더 오래 버티면서 자신의 존재의 이유를 보여 줄 법도 한데, 속을 다 내보이고도 열흘 남짓 피었다가 지는 모습을 바라보며 '꽃'으로 살아온 '속없는' 어느 여인의 운명을 안타까워한다.

2. 상처의 기억, 그리고 치유의 전환

김노을의 상처는 현재 진행형이다. 그러나 그 상처를 스스로 치유하는 길로 나아가고 있다. 소나무는 가지를 자르면 송진이 나와서 상처 난 가지를 치유하고 그 송진은 훗날 기름이 되어 어두운 곳을 밝히는 재료가 된다. 김노을의 상처는 그런 소나무를 닮아있다. 시인은 스스로 상처를 치유하는 힘을 가질 때 독자로부터 공감을 얻고 사랑을 받게 된다. 그러나 그 길을 아는 시인은 그리 많지 않다. 그 길은 쉬지 않고 공부하고 정진하며 스스로를 돌아볼 줄 아는 시인에게 허락된 깨달음의 은혜이다. 다만 김노을 시인은 그동안 지나온 세월만큼 부지런히 정진하는 마음이 이제야 조금씩 나타난다는 사실을 인지하고 부지런히 정진해야 한다는 겸손한 자세가 필요해 보인다.

후두둑 후두둑 후두둑
무슨 사연일까

쉬지 않고 밤의 건반을 두드리고 있다

깊은 터널의 끝
새벽을 깨우는 예배당 종소리 되어

그리운 사람 오시는 길목 밝히고 있다

-「겨울비」[전문]

철없던 시절에 아버지를 여의는 슬픔은 아버지의 나이를 훨씬 넘긴 시인에게도 시적 화자에게도 모두 씻을 수 없는 상처이자 슬픔이다. 나이가 들고 철이 들도록 부모와 함께 사랑을 받으며 살아갈 수 있다는 사실은 그 존재만으로도 위로가 되고 의지가 될 뿐만 아니라 생을 살아가는데 큰 버팀목이 된다. 시 '짜잔한 잡채'에서 '짜잔한'은 어리고 보잘것없는 것이라는 상징적 의미의 방언이기도 하지만 하필 아버지의 상중에 만난 잡채를 보고 어린 소녀가 마냥 신이 나서 음식을 하는 사람들 틈을 오가며 듣게 된, 철없던 시절의 자기 존재감에 대한 후회와 반성 그리고 아버지를 향한 무한한 그리움을 반어법적으로 풀어내고 있다. 막내딸을 특별하게 어여뻐하시던 그날의 아버지는 지금쯤 어느 하늘가를 서성이고 계실까?

낮에 나온 반달이 수줍게
갯벌 속으로 숨어든
늦가을의 저녁 무렵,
아버지는 먼 길을 떠나셨다

마당 안팎으로
장례 준비로 분주하고

음식 장만하느라
고모님들 숙모님들 동네 사람들까지
시끌벅적 장마당 난전이나 다름없었다
내 유년의 기억이 정지된 채,
모닥불을 피우고 있는 고향 집 뜨락으로

추억이 몰려가는 동안 마당 한켠에선
잡채가 버무려지고 있었다

나는 막내의 특권을 이용해
엄마의 치마폭을 붙잡고 따라다니며
잡채가 먹고 싶다고 졸랐다

그날 잡채를 버무리던 동네 아줌마는
딸은 없고 아들만 내리 다섯인 심술궂은 여편네였다

'으째 짜잔한 것이 일한디 와가꼬 찡찡댄다냐!'

그 소리를 듣고 서러워서
그만 엉엉 울고 말았다
잡채가 먹고 싶었을 뿐인데
여자애라고 무시하는 아줌마가 꼴 보기 싫었다

"오매~ 즈그 아부지가 막둥이라고 겁나게 이뻐했는디,
즈그 아부지 죽은 걸 아능갑따야"

막둥이 딸만 이뻐라했다고,
즈그 아부지가 새장 안 큰 동네 주막에 갔다
돌아올 때마다 눈깔사탕 사서

잠바 주머니에 꼭 사 넣어 왔다고,

아부지 손잡고 쫑알쫑알 따라다닌 막둥이라고

"즈그 아부지 죽어부러서 어쩔끄나~" 하고
이구동성으로 혀를 끌끌 찼다

그 사람들은 모를 것이다

잡채가 먹고 싶어서 울어버린 나를,
죽음과 이별을 알기엔 너무나 어렸던 나를,

어느덧 나도 그날의 엄마 나이를 지나고
잡채도 곧잘 만들어 먹고 있지만

그때마다, 떠오르는 '짜짠한 가시나'는
아버지의 상여와 함께
내 기억 속을 맴돌고 있다

"이제 가면 언제 오나 어~이, 어~이"
아버지의 상여가 마당을 떠나가는데도
동네 아이들과 장난치며 놀았던 철부지
그날의 기억을 잊을 수가 없다

지금도 잡채를 먹을 때마다

머릿속에서 잊혀지지 않는 짜잔한 것,

그러나 나는 절대로 짜잔하지 않다.

-「짜잔한 잡채」[전문]

시 '미련'을 보면 '시간이 자신을 내몰고/세월이 벼랑 끝으로 내몰아도/마음을 끌고 가는 것은 자신뿐이다'라는 시구를 통해 시간이 끌고 가는 마음의 무게를 스스로 치유하는 것은 오직 자신뿐이라는 것을 확신하고 있다. 김노을이 죽음의 벼랑 끝에서 살아남아 지금까지 살아온 것도 그런 내면의 강인함 때문일 것이다. 그런 존재에 대한 자기성찰이 남아 있기 때문에 가녀린 듯하면서 강인한 생명력으로 생을 온몸으로 살아내고 있는 것이다.

따라서 시 '미련'은 지나온 시간에 대한 미련이기보다는 자신이 불편함을 극복하면서 미처 하지 못한 것들에 대한 미련이고 속이 타들어 가면서 지켜내지 못한 것들에 대한 미련이며, 가슴 속에 오래 가두어 두었던 것들에 대한 환유인 것이다.

시커멓게 타버린 목구멍 속에서

네 속 알 딱지를 다 보여주고도
너는 모른다

너는 더 이상 서두르지 않는다
아파하지도 힘들어하지도 않는다

초록의 계절을 지나오면서
그새
철이든 것이다

혼자 아프면서 그릇이 자란 것이다
혼자 눈물 닦으며 여물어진 것이다
생각하는 사람들은 그렇게 익어간다

시간이 자신을 내몰고
세월이 벼랑 끝으로 내몰아도
마음을 끌고 가는 것은 자신뿐이다

억울하다고
허전하다고
소리치지 않아도
시간이 가면 알게 된다

-「미련」[전문]

3. 다시, 기억의 환유를 찾아서

자기 내면을 들여다본다는 것은 의식이 깨어 있다는 말이다. 생각이 과거에만 머물러 있지 않고 현실을 통해 미래를 볼 줄 안다는 뜻이다. 꼰대 소리를 듣는 사람들은 모두 과거에 집착한 삶을 살고 있다. 아무도 확인할 수 없고 아무도 알아주지 않은 과거의 영화와 모험담, 돈과 권력의 일부분을 늘어놓으며 자기 자랑에 몰입해서 혼자 영웅담을 늘어놓는다. 그런 사람일수록 자기 최면에 빠져서 새로운 문물을 받아들이는데 인색하고 미래 세대들의 멘토가 되거나 자기 공부를 부지런히 해서 겸손하고 따뜻한 인품을 갖추기보다는 자기중심적이고 이기적인 성향에서 벗어나지 못하는 한계를 노출해 끊임없이 새로운 삶의 미래로 나아가지 못하는 한계를 보여주고 있다. 다시 기억의 환유를 찾아가는 여정은 그리하여 하심下心으로부터 출발한다. 김노을은 두 번째 시집을 통해서 이러한 여정에 들어서고 있는 것이다.

매년 섣달그믐날 밤

정성으로 준비한 음식들이
윗목의 차례상 위에
순서대로 올려졌다

대여섯 살 내 기억 속엔
석화와 두부를 넣은 탕국이
차례상에 올려졌다

모든 차례 음식이 순서대로 올려지고
마지막에 탕국은
종손인 아버지가 드신 걸로 기억된다

숙부님들 숙모님들 엄마도
탕국을 참 맛나게 드셨었다

내가 엄마 나이가 되어 생각해 보니
술은 안 먹더라도 탕국만은
모든 어른들의 속풀이 해장국이었던 것이다

지금 나도
두부에 굴을 넣은 국을 먹을 수 있다면
두 그릇은 너끈히 먹을 수 있다

반백 년도 훨씬 지난 지금은
그날의 종갓집 맛 탕국을
그 어디서도 맛볼 수가 없다

-「탕국」[전문]

김노을의 소울 푸드는 '탕국'이다. 어린 시절에 맛보았던 음식 중에 하필이면 제사상에 올랐던

탕국이 소울 푸드라는 사실은 놀랍다. 어른도 아니고 남자아이도 아니고 어린 여자아이가 가장 좋아하는 음식이 제사상의 탕국이라는 사실은 평생 특별한 기억으로 따라왔을 것이다. 바닷가 마을에서 자라나 석화가 들어간 탕국은 고향을 떠나온 사람에게는 더욱 특별한 멋과 맛이 아닐 수 없다. 그런 특별한 기억을 통해서 고단하고 상처 난 시간을 견딜 수 있는 것이다. 국가대표 선수촌에서 중상류층의 음식을 매일 먹는 선수들에게 올림픽이 끝나고 가장 먹고 싶은 음식이 무엇이냐고 물었을 때 집밥, 구체적으로 엄마가 해 주는 밥이 먹고 싶다는 말을 들은 적이 있다. 그럴 때 이 음식은 소울 푸드이자 나를 위로해 주고 치유해 주는 기억의 음식인 것이다.

어제의 상처를 치유한다

소복소복
밤새 내린 신의 선물
해마다 다녀간
첫 마음이지만

대지를 덮은
황홀한 춤사위에

가슴이 뜨거워진다

- 「첫눈」 [전문]

우리는 해마다 12월이 오면 첫눈을 기다린다. 그 첫눈은 '어제의 상처'를 치유하는 눈이기 때문이다. 마음을 다하여 내리는 눈은 '신의 선물'이자 대지를 덮은 황홀한 춤사위에 가슴을 뜨겁게 한다. 그리하여 첫눈을 보고 나면 스스로 마음의 위로를 받고 스스로 치유하는 힘을 얻게 되는 것이다. 그리고 첫눈은 해마다 다녀간다. 해마다 첫 마음은 다녀가고 첫눈은 위로와 감동을 선물한다. 그래서 내가 본 첫눈을 가장 사랑하는 사람에게 사진을 찍어 전달하고 전화를 걸어 들뜬 목소리로 기쁨을 전달한다. 그 첫눈의 꿈이 또다시 살아갈 힘을 얻게 한다.

자리 마당 펼쳐놓고
볼 때마다 다시 퇴고한다

또다시 음미해도
맛이 나지 않는다

어디 가야 너를 만날 수 있을까
말이 없는 너는

뜻있는 얼굴로 말을 하고
소리가 없는 너는
만인의 가슴을 울리는
노래를 부른다

얼마나 깊이 살아야
너를 느낄 수 있을까
얼마나 넓게 살아야
너를 안아볼 수 있을까

내 안의 너는 말을 걸어오지 않는다

더 이상 노래를 하지 않는다

서걱서걱 영글지 못한
내 안의 너희들이여

익어내지 못한 너에게
기다리겠노라고~~
노래하겠노라고~~

비유와 사유의 찜기에선
구수한 언어들이 탱글탱글

모락모락 익어가고 있다

-「언제쯤 익어갈까」[전문]

시인을 다른 말로 하면 비유와 사유를 먹고 사는 영혼이라고 할 것이다. 비유와 사유를 오래된 가마솥에서 뭉근하게 쪄내면 언어가 탱글탱글하게 감칠맛이 나고, 쫀득쫀득한 찰기로 입안에 착착 붙는 고소함을 전해 줄 것이기 때문이다. 어떤 시인은 한 편의 시를 완성하기까지 수천 번의 퇴고 과정을 거쳤다고 한다. 시인이 처음 맞닥뜨린 영감을 언어로 기록하는 순간부터 끊임없이 사유를 반복하며 가장 적절한 비유와 상징을 찾아내고, 언어가 완벽한 그림이 그려지기까지 이미지를 완성하는 것이야말로 시인이 카타르시스를 느끼는 최고의 순간이다.

언어가 구수하게 익어가고 모락모락 김이 나기 시작하면 한 편의 시는 비로소 날개를 펼치고 비상할 준비를 마치게 된다. 시인의 고뇌가 독자를 만날 최종적인 시간이 다가왔음을 몸속의 세포 하나하나가 기억하게 된다. 시 「언제쯤 익어갈까?」는 김노을의 시에 대한 진정성이 담긴 솔직한 자기반성이자 고해성사다. 이번 시집을 통해 김노을이 자기 빛깔을 보여주기 시작했다는 사실은 먹구름 속에서도 자기만의 별빛을 찾아가리라는 기대감을 갖게 하는 숨죽인 기다림의 순간을 마주하고 있다는 점이다.